JOAQUIM MANUEL DE MACEDO

O FIM DO MUNDO

Coleção
GRANDES CLÁSSICOS DA LÍNGUA PORTUGUESA
VOLUME 4

BRASILIARIS

Editor-chefe:
Tomaz Adour

Capa:
Spirit

Revisão:
Equipe Vermelho Marinho

Diagramação:
Marcelo Amado

Texto revisado segundo o novo Acordo Ortográfico da Língua Portuguesa.

Dados Internacionais de Catalogação na Publicação (CIP)
Fabio Osmar de Oliveira Maciel – CRB-7 6284

M141f

Macedo, Joaquim Manuel de, 1820-1882
O fim do mundo / Joaquim Manuel de Macedo. – 1. ed. – Rio de Janeiro : Brasiliaris, 2023.
50 p. ; 21 cm. – (Grandes clássicos da língua portuguesa ; v. 4).

ISBN 978-65-86082-86-9

1. Contos brasileiros. I. Título.

689-056-23 CDD : 869.93

Índice para catálogo sistemático:
1. Contos : Literatura brasileira 869.93

EDITORA VERMELHO MARINHO USINA DE LETRAS LTDA
Rio de Janeiro — Departamento Editorial:
Avenida Gilka Machado, 315 — bloco 2 — casa 6
Recreio dos Bandeirantes — Rio de Janeiro — RJ
CEP: 22795-570

VERMELHO MARINHO
www.editoravermelhomarinho.com.br

SUMÁRIO

APRESENTAÇÃO

O selo Brasiliaris é uma iniciativa da Editora Vermelho Marinho com a Spirit, que tem como objetivo resgatar todas as obras clássicas da literatura brasileira que estejam em domínio público. Independente do autor ou da época em que escreveu, a coleção pretende publicar todas as obras de todos os autores que estejam disponíveis para publicação ou digitalização.

É um trabalho de longo prazo, pois citando apenas alguns autores muito conhecidos, como Machado de Assis, José de Alencar e Joaquim Manuel de Macedo, descobrimos que eles têm uma obra muito extensa, incluindo romances, contos, novelas, poemas e textos teatrais, fora artigos em ensaios. E muitas dessas obras não se encontravam mais no mercado. Até agora.

Tomaz Adour, o editor da coleção, já vem fazendo este trabalho de resgate há mais de 10 anos, conseguindo trazer de volta ao mercado autores do porte de uma Júlia Lopes de Almeida, A. G. Teixeira e Souza, Paulo Setúbal, Coelho Neto, Francisca Júlia, Bruno Seabra, Carmen Dolores, Martins Pena, João do Rio, Coelho Neto, Chrysanthème, entre tantos outros que lançou na Coleção Grandes Clássicos.

Com o apoio da Spirit e sua experiência em design aliada à sua paixão pelos livros, estes e outros autores irão ganhar roupagem nova, com edições especiais com orelhas, edições especiais em capa dura, além de ebooks a preços acessíveis para todos os leitores.

Este projeto ambicioso é uma forma de levar ao público tudo de bom que foi produzido em nossa literatura, permitindo que os leitores tenham acesso não apenas às obras mais famosas dos principais autores, mas também a obras que estão fora do mercado há décadas ou mesmo séculos. Com isso, um leitor que se apaixonar por um livro de um autor poderá conhecer toda a sua obra.

É um trabalho de garimpagem. Temos mais de 10.000 obras a serem publicadas e estamos atrás de obras perdidas, esquecidas ou que possuem poucas cópias em bibliotecas ou coleções particulares. Por isso, todo apoio é bem-vindo. Cada leitor ou amante de livros que deseje sugerir ou indicar uma obra receberá os créditos e será um colaborador da coleção. Acreditamos que, desta forma, obras perdidas ou com cópias desgastadas poderão ser resgatadas, desde que haja um colecionador ou uma biblioteca que a possua. Se quiser colaborar, basta nos escrever.

Que os leitores possam descobrir cada vez mais as obras de uma das literaturas mais importantes do mundo!

INTRODUÇÃO

O *Fim do Mundo em* 1856 não é certamente um romance: faltam-lhe todas as condições para merecer esse título: foi um simples artigo de ocasião que apareceu publicado no folhetim do *Jornal do Comercio* de 13 de Junho de 1856, que então, porventura, chegou a agradar, e agora não terá merecimento algum; contemplo-o porém nesta coleção, nem mesmo saberei dizer porque... talvez para avolumar com algumas páginas mais o meu pequeno livro.

Como se hão de lembrar muitos ainda, estava anunciado um *cometa*, para o ano de 1856, e não poucos terroristas, improvisando-se profetas, determinavam o dia 13 de junho de 1856 como o prazo fatal de um horroroso cataclismo, cujo resultado seria nada menos que o *fim do mundo*.

O famoso cônego de Liège celebrizou-se por esse agouro sinistro.

Muita gente acreditou nos agoureiros, e no Brasil não faltaram crédulos, que viram com indizível terror aproximar-se o dia 13 de junho.

Foi esse o motivo do artigo que então escrevi, e que agora reproduzo nesta pobre coleção.

Fiz representar como protagonista ou como narrador, nesse artigo, o senhor Martinho Corrêa Vasques, que é um ator muito conhecido e estimado no Rio de Janeiro. Foi uma liberdade que tomei, e de que ele me fez o favor de não se ofender.

Hoje, relendo essas breves e risonhas páginas que em 1856 escrevi, sinto verdadeira tristeza, porque nelas encontro de mistura com inocentes gracejos, os nomes de pessoas, algumas das quais a morte já arrancou do mundo, e entre eles o do meu amigo, o comendador

Manoel Moreira de Castro, de quem sempre recebi provas de estima e confiança extrema.

O que então nos fez rir, fez-me entristecer agora.

Não importa: aí vai.

O FIM DO MUNDO EM 1857

CAPÍTULO 1

Estava reservada ao Martinho a triste obrigação de escrever a lúgubre história do cataclismo por que passou a cidade do Rio de Janeiro, e porque muito provavelmente há de ter passado o mundo inteiro no fatal dia 13 de junho.

Eu sou o novo Noé que sobreviveu ao novo dilúvio! E sou ao mesmo tempo o Moisés do século das luzes que deve referir o infausto caso do fim do mundo no ano de 1857.

Não fui daqueles estouvados incrédulos que zombaram da profecia do cônego de Liège; tive sempre a maior veneração pelos cônegos, e não havia de ser em uma questão de cometa que o Martinho duvidasse da palavra de um cônego.

Também não me contei no número dos terroristas e dos aterrados, que, esperando pelo fim do mundo no dia 13 de junho, não pensaram em escapar ao dilúvio, e resolveram-se a morrer imóveis e caladinhos como carneiros.

A ideia de acabar como capão, peru, ou leitoa em dia de banquete me revoltava deveras. "Que! – disse eu a mim mesmo, conversando com os meus botões; – Que! O Martinho, que tinha direito a considerar-se imortalizado pela fama, há de assim sem mais nem menos perder a sua imortalidade, reduzido a torresmo pelo fogo da cauda de um cometa!"

Dizem que a diligência é mãe da boa ventura: a indústria humana pode vencer quase o impossível: pus-me a refletir, a imaginar, a combinar; gastei nisso mais tempo do que qualquer dos meus colegas em estudar a sua parte num drama novo, e por fim de contas dei um pulo, bati palmas, exclamei como Archimedes. *Eureca!*

Eureca era o meio que eu tinha descoberto para livrar-me das rabanadas do cometa e sobreviver ao cataclismo.

CAPÍTULO 2

O meu primeiro pensamento foi organizar uma companhia que tivesse por fim fazer construir uma estrada de ferro para o mundo da lua; mas abandonei esse projeto porque, com a notícia da nova empresa, poderia o Banco do Brasil lembrar-se de elevar ainda mais a taxa de juros, e tínhamos o diabo na praça, ainda antes de aparecer o cometa.

Meditei depois sobre a construção de uma segunda torre de Babel, pela qual pudesse eu subir aos planetas e esconder-me no seio de Vênus, ou pelo menos em uma das asas do caduceu de Mercúrio: não me faltavam materiais para a obra; porque a torre de Babel é torre de confusão, e eu podia consequentemente arranjar muito bons arquitetos no corpo legislativo; mas tive também de rejeitar esta ideia, considerando que, publicada ela, encontraria eu logo algum outro pretendente competidor, e dava-se então um caso de duplicata, em que não é de regra que o bom direito seja atendido.

Tornei a pensar, a refletir, a combinar, e dei enfim o meu salto de alegria, e mesmo de casaca e de gravata ao pescoço (porque isto sucedeu exatamente à hora de ensaio no teatro de S. Pedro de Alcântara, portanto sem estar em menores, ou nuzinho em pelo, como Archimedes), soltei o meu brado entusiástico: *Eureca!*

Guardei muito em segredo o meu projeto, e esperei ansioso pelo dia 13 de junho, e para que não me faltassem recursos pecuniários para a minha longa viagem, fiz o meu benefício no teatro de S. Pedro na noite de 9 de junho, isto é, quatro dias antes do cometa.

E fiquei esperando.

CAPÍTULO 3

A noite de 12 de Junho foi clara e formosa, como o rosto das amadas de todos os poetas passados, presentes e futuros.

Em redor das fogueiras de Santo Antônio os rapazes não oravam, os velhos falavam em conciliação, as moças tiravam sortes e as velhas comiam batatas, apesar de serem as batatas a alimentação mais diabólica e ruidosamente indigesta que se conhece.

Os sinos deram o sinal da meia-noite.

Começava desde esse momento o dia 13 de junho: era o dia do cometa.

Eu estava com todos os órgãos dos meus sentidos, menos o olfato, exclusivamente ocupados a esperar o bicho caudato.

Não esperei muito.

CAPÍTULO 4

A peça de artilharia e as bandeirolas do veterano Gabizo anunciaram incêndio.

Eram cinco minutos depois da meia-noite.

O Sr. conselheiro Melo oficiou a toda pressa ao Sr. ministro da guerra, participando-lhe que avistara a pontinha da cauda do cometa.

Meia hora depois, o Sr. Dr. Capanema foi acordado na Estrela pela campainha do telégrafo elétrico, e recebeu e transmitiu para Petrópolis a tremenda notícia.

À uma hora da noite, o *Jornal do Comércio* publicou e espalhou um *suplemento* dando conta ao público da funesta aparição.

O Sr. José Maria dos Reis fez pregar anúncios nas esquinas das ruas, declarando que alugava telescópios a todos os curiosos.

A população começou a sobressaltar-se; as ruas encheram-se de gente, as senhoras, como de costume, principiaram a gritar e a fazer matinada.

O ministério, o conselho de estado, os senadores e deputados reuniram-se, e celebraram sessão secreta no imperial observatório astronômico, cujo diretor pediu que o dispensassem da presidência da grande assembleia, porque estava todo ocupado em admirar o formoso e imenso dragão aéreo.

Estes astrônomos parecem poetas!

No meio de toda esta confusão pus eu os pés na rua, e disse: "Martinho! É chegada a hora da ação; faze o teu dever."

E fiz.

CAPÍTULO 5

Aluguei um telescópio ao Sr. Reis, e observei o cometa; era um bicho enorme, e vinha-se mostrando do lado do norte e dirigindo-se para o sul.

Bem, pensei eu; assim como o capoeira quebra o corpo tratando de livrar-se de uma facada, assim eu escaparei da cauda do cometa, fugindo em direção oposta àquela que ele segue.

E tratei logo de realizar o meu projeto.

CAPÍTULO 6

Não havia tempo a perder.

Começava-se a perceber o cometa sem o socorro de instrumentos óticos.

Por ordem da polícia, que despertara rabugenta, apagaram-se todas as fogueiras, e apesar disso, já se sentia calor como no mês de janeiro.

Deitei a correr.

Entre as companhias de seguros não achei uma de seguros aéreos; contentei-me, pois, com a de seguros Marítimos e Terrestres, e segurei-me deveras: por este lado estava arranjado.

Principiei a minha obra, que devia ser nada menos do que uma escada que me levasse à pequena distância da lua, contando daí por diante fazer o resto da viagem em uma bem arranjada máquina de balões de crinolina, que com antecedência preparara.

Qualquer outro, no meu caso, talvez procurasse construir a sua escada de cima do Corcovado, da Gávea ou do mais elevado ponto da serra dos Órgãos; mas eu, que tinha calculado tudo, comecei a construção da minha de cima de montanhas muito mais importantes e das quais talvez ninguém se lembrasse.

Peguei no *Montepio*, e carregando com ele sobre os ombros, encarapitei-o sobre o *Monte de Socorro*; já tinha, portanto, duas montanhas uma sobre outra, e daí foi que comecei a arranjar a minha escada.

Tomei como base ou primeiro degrau da escada o *Banco do Brasil*; com a alta de juros, só esse banco valia por mil degraus; em cima do *Banco do Brasil* coloquei o *Banco* chamado *Rural e Hipotecário*, e trepei pelas hipotecas como um macaco pelos ramos e raminhos da mais alta árvore; sobre o *Banco Rural* pus o *Banco Mauá*, sobre este o *Banco Agrícola*, sobre o *Agrícola* o *Banco Industrial e Agrícola*, sobre o *Industrial e Agrícola* o *Banco do Rio de Janeiro*, e em cima de todos eles acomodei a *Caixa Hipotecária*, que também me prestou um alto e excelente degrau. Banco, sobre banco, *já eu tinha uma escada enorme: é verdade que os três* últimos bancos ainda precisavam de alguma obra para entrar em serviço ativo; mas a necessidade era urgente, e eu aceitaria mesmo um banco de pé quebrado.

Se não fosse o medo do cometa, creio que teria dado muito boas risadas com os furores, raivas e desespero do aristocrático *Banco do Brasil*, ao ver-se por baixo de tanto banquinho democrático; eu o ouvi bradar dez vezes sem tomar fôlego: "Vou levantar os juros! Vou levantar os juros!", mas, sem lhe dar resposta, fui cuidando em salvar-me do cometa.

Em um abrir e fechar de olhos entrei pelos dormitórios dos profetas, ou acendedores de gás, ajuntei todas as suas escadinhas, e mercê delas fui subindo pelos ares acima.

O medo emprestava-me asas, e eu voava como um passarinho: quando cheguei à ultima escadinha, lembrei-me de olhar para baixo.

Olhei, e nada vi... um mundo imenso, mas um mundo com um enorme rabo estava entre mim e a terra.

Era o cometa!

Esse monstro horrível tem um ponto de contato com os vagalumes, que são uns pobres bichinhos da terra; tanto ele como estes trazem fogo na extremidade posterior do corpo; mas os vagalumes são suros, e o cometa desenrola uma cauda tão comprida como o orçamento da despesa geral do Império quando lhe adicionam os aditivos.

CAPÍTULO 7

Respirei.

Compreendi que tinha escapado são e salvo do fatal cometa: o fogo de sua cauda devia estar abrasando a terra, que lhe ficava por baixo; mas a mim, que estava de cima, apenas me causava uma sensação de calor um pouco forte.

Estive pensando durante alguns minutos no que me cumpria fazer, e vendo que já não corria perigo de morrer queimado, assentei que era conveniente esperar, e não expor-me a viajar para Vênus ou Mercúrio nos meus balões de crinolina, que às vezes pregam suas peças a quem os trazem.

Enquanto estive pensando, o cometa continuou a sua derrota, e foi-se!

Mas eu achava-me tão alto, que não pude descobrir a terra, nem mesmo com o auxílio de um binóculo que tinha trazido comigo.

CAPÍTULO 8

Com a retirada do cometa, o calor cessou e foi substituído por um frio horrível.

Constipei-me; comecei a espirrar e senti a mais dolorosa impressão, vendo que não havia ali uma alma caridosa que me dissese *dominus tecum!...*

O isolamento é terrível; aqueles que repetem que *antes só do que mal acompanhado,* nunca se viram como eu, isolado e a quatro braças da lua.

Porque eu olhei para cima e vi quase assentada sobre o meu nariz a lua, que por sinal estava cheia e tinha uma cara de bolacha de marinheiro.

O frio redobrava: a neve do Francioni é brasa ardente em comparação da neve que chovia sobre mim ali ao pé da lua.

De repente caíram-me as unhas: não me incomodei muito com isso; porque nunca tive ideia de vir a ser tesoureiro; mas aterrei-me pensando que me podia cair também o queixo, e um homem de queixo caído não se pode tolerar, nem mesmo quando é namorado.

Puxei o relógio; era meio-dia, exatamente a hora dos ensaios do teatro de S. Pedro de Alcântara. A força do hábito destruiu todas as minhas hesitações; não pude resistir, parecia-me que me estavam multando por faltar ao ensaio, e atirei-me pelas escadinhas abaixo.

Cometi a incivilidade de não me despedir da lua.

Desci como um raio. É de regra que se desce sempre mais depressa do que se sobe; até os ministros de estado conhecem a verdade deste principio de física, eles que, de ordinário, poucas verdades conhecem.

CAPÍTULO 9

Cheguei à terra às duas horas menos um quarto, e quase que me esbarrei no chão, porque encontrei todos os bancos *rotos*; apenas se conservara inteiro o Banco do Brasil: é que os monumentos levantados pela sabedoria atravessam os séculos e resistem aos mais formidáveis cataclismos.

Fiquei, portanto, sabendo que o mais seguro degrau de escada por onde se pode subir é o Banco do Brasil.

Olhei para todos os lados e vi a cidade do Rio de Janeiro reduzida a um ermo. Todas as suas casas estavam intactas, e apenas haviam perdido as vidraças, que o calor excessivo tinha derretido; não havia mudança alguma, nem se ouvia ruído algum, mas não se sentia vida.

O cometa era sem dúvida partidista exclusivo do progresso material, porque destruiu todos os homens e todos os animais, respeitando, porém, e deixando ileso, tudo quanto era puramente material, tudo quanto tinha existência sem ter vida.

O cometa era *materialista vermelho*.

Aqui e ali eu encontrava homens e mulheres estendidos nas calçadas, de cócoras ou em pé nas esquinas, ou sentados às portas das casas; mas todos petrificados.

Tive medo dessa horrível solidão; gritei e ninguém me respondeu; um suor frio correu-me de todo o corpo. Desatei a correr de olhos fechados até o teatro de S. Pedro de Alcântara.

O teatro estava aberto: entrei; no saguão avistei o bilheteiro sentado na sua casinhola privilegiada, tendo as mãos cheias de bilhetes de plateia. Tinha morrido como um herói no seu posto de honra.

Três cambistas estendidos na porta do botequim deixavam ver cada um a seu lado uma garrafa vazia: novos heróis que haviam passado à eternidade com intrepidez britânica.

Entrei na plateia e vi no tablado a companhia petrificada ao ensaiar a cena do combate das *Minas de Polônia*. Tive dó de ver o Manoel Soares morto e reduzido a estátua, representando em minha falta o papel que eu fazia: coitado! Morreu em meu lugar! Deus lhe fale na alma.

O ponto estava com o dedo indicador apontando na peça a nota *vai-se*, e, com efeito, *foi-se*!

É o que se chama morrer a propósito.

CAPÍTULO 10

Saí desconsolado e aflito do teatro; mas, apesar da minha aflição, senti que tinha uma fome de todos os diabos. Entrei na *Fama do café com leite*: o Braguinha morrera com a pena na mão, improvisando versos à glória do seu botequim: é uma alma que foi parar ao Parnaso, e a esta hora está se banhando na Hipocrene, para se vingar dos ardores por que passou; os fregueses do Braguinha achavam-se em redor das mesas, e um dos caixeiros expirara deitando manteiga derretida em um pão Napoleão: comi-lhe o pão, que achei um pouco duro, bebi café com leite que ainda fervia, e não tendo a quem pagar o almoço, e não querendo ficar em dívida, rezei um padre-nosso pelo amo e caixeiro já defuntos, e saí precipitadamente.

CAPÍTULO 11

Doeu-me o coração ao entrar na Petalógica, que, como se via, tinha acabado em sessão magna. O Paula Brito estava encostado a uma mesa, com os olhos fitos em um número da *Marmota*, em que zombara do cometa; o bacharel Gonçalves morrera com um enorme abano na mão; o meu colega José Romualdo jogando estoicamente uma partida de xadrez com o barão de Tautfœus, que se achava a ponto de dar xeque-mate no adversário; e o Viegas dando conta das últimas notícias do cometa. Chorei pelos meus consócios, e fugi.

CAPÍTULO 12

Achei-me, sem saber como, no paço da câmara municipal; os heroicos vereadores morreram em sessão aberta, e em discussão calorosa, e exatamente no momento em que o Sr. Lobo pronunciava um discurso *ad hoc*.

Vi um papel nas mãos do presidente da câmara e tive a curiosidade de o ler: era um ofício em que os fiscais declaravam que desde as dez horas do dia tinha secado toda a lama que havia nas ruas da cidade, e pediam por isso aumento de ordenado. Felizmente não houve tempo de despachar a petição.

CAPÍTULO 13

O cometa encontrara na câmara vitalícia os anciãos da pátria na mesma posição em que os gauleses acharam os senadores romanos. Um veterano liberal tinha o braço estendido para um conservador vermelho, e lhe oferecia a mão em sinal de paz e *conciliação*; o conservador, depois de algumas cerimônias que ainda se lhe notavam na expressão fisionômica, estendera também o seu braço... os dedos daquelas duas mãos patrióticas estavam quase a tocar-se, quando o rabo do cometa passou entre eles, e ficaram ambos os anciãos petrificados e com a *conciliação* no ar, entre o polegar de um e o indicador do outro, como se fora uma pitada de tabaco mútua! Sobre a perna de um outro senador encontrei um bilhetinho, convidando-o para uma reunião conservadora, com a declaração de que haveria nela sorvetes por causa do calor.

CAPÍTULO 14

Fatigou-me esse passeio lúgubre em que andava, e tive vontade de colher algumas notícias a respeito do cometa e dos seus estragos. Dirigi-me ao *Jornal do Comércio.*

Penetrei na sala da redação, e a primeira figura que se apresentou a meus olhos foi a do Dr. Macedo morto, conservando, porém, derramada no semblante a satisfação que sentira ao ver que estava livre de escrever a *Semana* do domingo, que era o dia seguinte.

O Emilio Adet passara desta para melhor vida no meio dos seus trabalhos, e achava-se estendido entre nuvens de folhas de papel, que continham uns três ou quatro discursos de deputados: o Emilio Adet teve um passamento paramentar; morreu coberto de *bravos, apoiados* e aplausos.

O Castro estava sentado na sua mesa, e ainda conservava a pena entre os dedos; os vidros dos seus óculos haviam se derretido com o excesso do calor; mas seus olhos estavam fitos na folha de papel em que escrevia. Eram as notícias ou era o boletim do cometa que ele preparava para o *Suplemento do Jornal.* Foi com lágrimas nos olhos que li o que se segue:

"seis horas da manhã"

"O cometa vem se aproximando com rapidez incrível; o calor aumenta a cada minuto; os sorvetes e as ventarolas estão por um preço fabuloso."

"oito horas"

"Reuniram-se as câmaras extraordinariamente; mas permitiu-se a todos os representantes e espectadores das galerias estar em mangas de camisa."

"nove horas"

"A policia mandou espalhar pelas ruas da cidade todos os foles que encontrou nas ferrarias e casas de fundição: os pedestres e acendedores de gás ocupam-se em tocar foles. No tesouro público deu-se ordem para que os empregados entrassem de chapéu na cabeça e casaca abotoada: é uma medida que está em harmonia com a anterior que tinha banido os chapéus."

"dez horas"

"Há febre na praça: as ações de todas as companhias sobem espantosamente; há uma alta geral; querem todos morrer, provando que são homens de ações.

"onze horas"

"O cometa está quase, não, quase sobre nós; na rua do Rosário vendem-se todos os queijos assados; das bicas das esquinas e de todos os chafarizes, a água corre fervendo. Conciliaram-se definitivamente os partidos políticos. As pessoas magras ainda se movem e falam: o nosso amigo Pitada queixa-se muito do calor, mas ainda se supõe com forças para resistir. Aquelas que, pelo contrário, são gordas, já estão prostradas e quase moribundas; o Sr. Câmara, que chegara anteontem de Petrópolis, acaba de morrer."

"meio-dia"

"*Hoc opus hic labor est*, chegou a hora suprema."

CAPÍTULO 15

Tudo, portanto, estava acabado! Eu era o único vivente que se achava na cidade muito leal e heroica. Oh! Tive vontade de chorar desesperado, como Mário nas ruínas de Cartago!

Via-me prodigiosamente rico: tinha palácios, pertenciam-me o tesouro público, os cofres de todos os usurários, possuía riquezas incalculáveis: era, porém, uma espécie de Adão sem Eva, e ainda em cima um Adão, que, em vez de habitar no Paraíso, devia morar em um cemitério descomunal!

Arrependi-me de haver fugido do cometa: mil vezes antes morrer assado do que sobreviver a um tal cataclismo para ficar em isolamento e na mais completa impossibilidade de ser o tronco de uma nova geração!

Ah, Martinho! Martinho! Como poderás tu viver sem aquele amado e respeitável público que te aplaudia no teatro, que te encorajava com seus bravos e suas palmas, como?...

CAPÍTULO 16

Fazendo estas aflitivas reflexões, cheguei à rua do Conde, e por curiosidade entrei na casa da polícia. Triste espetáculo! O chefe de polícia morrera no ato de pagar o subsídio mensal devido a uns dois publicistas *independentes*, que estavam em pé também petrificados, com os braços estendidos e as mãos abertas para receber os *cum quibus*. Se houvesse ainda alguém que pudesse olhar para aquelas duas nobres figuras e reparasse em seus lábios entreabertos, adivinharia logo, como eu adivinhei, que os ilustrados publicistas tinham sido torrificados no momento em que diziam: *Venha a nós!*

CAPÍTULO 17

Deixei a polícia, e para distrair-me quis tomar o fresco no campo da Aclamação. O espírito de classe obrigou-me a penetrar no barracão do *Provisório*.

Subi ao salão; e que cena havia de se oferecer a meus olhos?... Ah!... Todas as coristas da companhia lírica tinham morrido no meio do um ensaio! Desgraçadas!... Haviam feito pausa final... eterna.

Aquelas flores viçosas e belas! Aquele formoso grupo de encantadoras fadas!... Aquelas ninfas, ou divindades de beleza arrebatadora e de voz de rouxinol, coitadinhas! Estavam todas prostradas e sem vida; mas nem uma só delas se esquecera de morrer em posição grave e composta.

E diante delas, em pé, como em êxtase, porém morto e bem morto, destacava-se a figura do meu amigo Dionísio, de batuta na mão e com o mais terno e suave dos olhares cravado no grupo encantador! Ah, Dionísio! Foste mais feliz do que eu! Morreste abrasado por dois fogos: fogo do cometa e fogo de amor! Sempre é uma consolação morrer assim.

Requiescat in pace.

CAPÍTULO 18

Quando eu acabava de proferir estas palavras em louvor e honra de meu amigo Dionísio, de súbito e inesperadamente, escuto uma voz murmurar:

— Quem fala aí em amor?...

Dei um salto: era uma voz humana, o mais apreciável dos tesouros para mim; e mais ainda, era uma voz feminina, era a Eva que eu, pobre Adão, ardentemente desejava para bem da humanidade, que não se devia extinguir.

Oh! Não se pode fazer ideia da minha surpresa, da minha alegria, do meu arrebatamento!

Procurei a boca por onde havia passado aquela voz, e vi inclinada sobre uma cadeira, em um canto do salão, mas quase moribunda, uma jovem corista, e que corista!... A senhora X. P. T. O., um demoninho tentador que se apaixonara por mim em 1846, em certa noite em que me ouviu cantar a *ária do boleeiro*. Corri a ela, abracei-a, suspirei, chorei, e até cantei-lhe um pedaço da ária predileta.

— Ainda vive alguém?... — perguntou-me com voz sumida a divindade.

— Eu só, eu só — respondi-lhe ansioso: — eu só, que serei o teu Adão, porque tu vais ser a minha Eva.

A corista deu um *muxoxo*, fez um momo, e fechou os olhos.

— Vive! Vive!... É necessário que vivas!...

— Para quê?... — tornou-me ela.

— Para não se acabar o mundo, minha filha; para arranjarmos um artigo aditivo à humanidade, que está em risco de se extinguir de todo. Olha, minha corista, o destino do globo terráqueo está nas nossas mãos.

— Ora!... Nem ao menos eu acharia com quem cantar um coro...

— Cantaremos um dueto, menina!

— Não... não... de que me serviria viver?... Que poderia eu ser ainda?...

— Minha mulher, pequena!

— Tua mulher?... Ora essa!... Se eu fosse agora tua mulher... como tu és o único homem no mundo, nem ao menos eu poderia pregar-te um mono! — E inclinando a cabeça... exalou um suspiro, que me pareceu o último.

CAPÍTULO 19

Abracei-me desesperadamente com a corista: chamei-a pelo seu nome, ajuntando a este todos os epítetos ternos, amorosos e poéticos de que se usa nas comédias; beijei-a dez, cem, mil vezes, beijei-a tanto e tanto, que por fim de contas a corista abre de novo os olhos, sorri... suspira... solta uma risadinha magana, e... levantando-se de repente, escapa dos meus braços e deita a correr pelo salão afora.

Estava visto que eu devia correr atrás dela: reúno todas as minhas forças, dou um arranco, e...

Acho-me no chão, gemendo com uma horrível dor nas costelas.

Reconheci que acabava de sair do domínio de um sonho tão longo como penoso, que me fizera cair da cama abaixo no momento em que ia correr atrás da corista.

E, apesar da dor que sinto nas costelas, dou graças a Deus; porque hoje é o dia 13 de junho, e não há de acabar-se o mundo.

O MARTINHO

VERMELHO MARINHO

Spirit

BRASILIARIS.COM.BR